TORMENTA
DE
FELICIDAD
Y
OTRAS
PARÁBOLAS

TORMENTA DE FELICIDAD Y OTRAS PARÁBOLAS

MIGUEL ÁNGEL FRAGA

Primera edición, 2020

© Miguel Ángel Fraga, 2020
Edición y corrección: Alejandro Langape
Selección y Consultoría: Susana Cruz
Ilustraciones interiores: Miguel Ángel Fraga
ISBN: 9798671123159

El mejor hombre del mundo se ha sentado en la terraza del restaurante que tiene la mejor vista del mundo. Desde allí, contempla cañadas y veredas que sobrevuelan las aves, y un fondo de montañas verdinegras. Le acompaña un aventurero que se cree lo mejor del mundo. El camarero –que se supone sea también el mejor camarero del mundo –ha extendido la carta para que los amigos elijan lo mejor del menú que ha concebido la cocinera que tiene la mejor sazón del mundo. Otras parejas y gente solitaria también disfrutan la tarde a su antojo. Cerca de allí, en un hospital, la recién parida carga a su hijo por primera vez y en el jardín de la escuela las niñas descubren el olor de las flores. Y todos ellos saben que esta es la mejor tarde de sus vidas.

La escena es tan trivial que ocurre en un lugar impreciso, imposible de ubicar en el mapa. Por sí misma, la escena alza el vuelo y, como espejo, se reproduce en cientos de sitios y plazas tan anodinos como este donde un aventurero se sienta junto a un amigo, una mujer carga a su hijo recién nacido y una niña huele una flor. Lo mejor del mundo está ocurriendo sin que podamos evitarlo.

A la memoria de Virgilio Piñera y Antoine de Saint-Exupéry

La noticia llegó a la ciudad. Los entrecejos se fruncieron. Con atención, se escucharon los partes meteorológicos. Se esperaba que la tormenta se transformara pronto en un potente huracán. Las calles quedaron desiertas, la gente se preparaba para recibir la felicidad que se avecinaba.

Una vieja desdentada –que había superado una tormenta semejante en su infancia– hizo bocina con las manos para gritar a aquellos que alcanzaban a oírle.

— Tanto habéis hablado de la felicidad que por fin se nos viene encima.

— ¡Cállate, bruja! –dijo el farmacéutico y cerró su negocio.

Si la tormenta barría con todo, a dónde irían sus sentimientos y emociones. Una señora adusta vació su joyero para colocar en él toda su vanidad. Corrió al banco para conservarla en una caja fuerte, pero el edificio ya estaba cerrado. Los funcionarios habían partido para poner a buen recaudo al interés, la hipocresía y la intriga. Por su parte, los empleados se preocuparon por esconder a la obediencia, la inseguridad y la cobardía.

Cada quien protegía lo que más le dolía perder. De prisa se movían de un lado a otro buscando sitios seguros para sus amarguras, rencores y odios.

Un anciano enterró en el patio de su casa los sentimientos de revancha y las frustraciones que le acompañaron durante su vida. Debajo de la tierra estarían a salvo de la tormenta.

La soprano más prominente de la ciudad acogió entre sus senos a la arrogancia y la envidia. Su marido, con gran esfuerzo introdujo en sus bolsillos una enorme cuota de celos y los mezcló con egoísmo y angustia.

De igual manera hicieron otros con la duda, el aburrimiento y la apatía. El pánico y el terror fueron llevados a sótanos para protegerlos del viento y la lluvia. Al orgullo y la soberbia los acomodaron en sitios fortificados. A la ira y la maledicencia los disfrazaron de alegría y entusiasmo y los sembraron en el jardín de la euforia.

Los que tenían techos de vidrio cubrieron estos con quimeras para que la felicidad tuviera misericordia de ellos. Sin ocuparse de la generosidad y el altruismo, los dejaron a su libre albedrío.

La tormenta ya estaba aquí, sólo faltaba ubicar al miedo. Ante la urgencia, con él se vistieron y lo enmascararon de coraje y valentía.

Lluvias torrenciales inundaron la ciudad. Truenos y centellas. La tormenta llegó como un ángel derribando toda tribulación.

A la calle salieron unos pocos, los que guardaban sentimientos de emancipación y esperanza. Ellos quisieron sentir en la piel la experiencia de la liberación. A ellos se los llevó el viento.

Testigos del suceso fueron aquellos que no supieron ocultar la curiosidad y la imprudencia. Asomados a las ventanas vieron como un torbellino colocaba en una nube a los que con fe salieron a recibir y agradecer la felicidad. Mientras la nube los elevaba hacia el cielo, decían adiós con regocijo y amor.

Después hubo silencio. Un silencio sobrecogedor similar a la paz que no llegarían a conocer los que se aferraron a la tierra. La tormenta había pasado.

Poco a poco la gente fue saliendo de sus escondrijos y restituyendo a su lugar los arraigos y pasiones. Nadie quiso comentar el suceso. En la prensa y los telediarios se prefirió no dar detalles ni lamentar las pérdidas. Estimularon el olvido con noticias recientes sobre la avidez y el consumo, los eventos competitivos y las contiendas bélicas. Los barrios se fueron animando, se abrieron los negocios y la vida retornó a la normalidad. Sólo un niño, que con el tiempo se hizo adulto, habló sobre la felicidad que había visto pasar por su ventana.

Tormenta de felicidad

Frida tiene un sueño, ser feliz.

Frida fue una vez una hermosa niña que tuvo un sueño.

Frida tuvo una madre, un padre y tres hermanos que la amaron. Creció en un hogar encantador que tenía un hermoso jardín. A pesar de la belleza y colorido de las flores, las mariposas y los pájaros revoloteando por doquier, Frida tenía un sueño.

Cuando comenzó la escuela, encontró a la persona que se convirtió en su amiga de toda la vida. Con ella compartió muchas alegrías. Solían reír juntas y disfrutar las aventuras. Pero Frida tenía un sueño.

Frida estaba segura de que al cumplir dieciocho años el sueño se haría realidad. Se graduó de la escuela secundaria y matriculó en la universidad. Allí, sin dudas, realizaría su sueño.

Adquirió nuevos conocimientos y accedió a una buena profesión. Durante años se esforzó para convertir su sueño en algo tangible.

Frida pensó: si me caso, lo lograré. Y se comprometió con un hombre admirable y generoso. La boda y la luna de miel fueron fabulosos. El esposo prometió amarla hasta su último aliento. Pero ella mantuvo su sueño.

En la nueva vivienda sería feliz. Compró vestidos, electrodomésticos, muebles, accesorios de cocina... A menudo cambiaba de coche y hasta de domicilio, haciendo nuevas inversiones. Viajó por el mundo con su marido. Vivió episodios emocionantes.

Todo sería perfecto si Frida hubiera sido feliz. Pero, desafortunadamente, nada era suficiente para que Frida consiguiera alcanzar su sueño.

Tuvo hijos con la esperanza de encontrar la felicidad a través de ellos. Los amaba y con alegría los vio crecer. Pero Frida aún tenía un sueño.

Esperaba que, al convertirse en abuela, su anhelo se cumpliría finalmente. Transcurrió el tiempo y el sueño permaneció. En los pensamientos de Frida se vislumbraba un futuro mejor. Una noche su esposo enfermó y ahora descansa en paz.

Hoy, Frida está jubilada y lleva la vida común como cualquier otra mujer. Le gusta tomar té y comer saludable. Sus nietos regularmente la visitan y a menudo se encuentra con su gran amiga. Vive sin ser realmente consciente de lo que experimenta. A menudo se pone triste. Todavía sigue esperando.

Frida tiene un sueño, ser feliz

Quererla, no la quería. Estaba sobre el armario, a la vista de todos como un gesto de vanidad y ostentación. La gente visitaba la tienda con el pretexto de disfrutarla de cerca y casi siempre compraban alguna nadería. Aunque aquella cosa sobre el armario careciera de todo interés para él, al menos le ayudaba en el negocio.

Su preocupación comenzó el día en que decidió darle utilidad. Dado el interés que despertaba en los demás, creyó le reportaría algún tipo de ganancia. Pensó en la manera de sacarle el mayor provecho –mil formas que no tuvieron éxito. La gente no pagaba por ir a verla; desde la calle ya podían verla. Tampoco fue útil en la cocina, el dormitorio, el cuarto de baño. Realmente no estaba hecha para ser usada. El valor que una vez le concediera poco a poco fue menguando al no saber qué hacer con ella. Prácticamente se había convertido en un estorbo y llegó el día en que quiso deshacerse de ella; en verdad le molestaba verla inútil, siempre en la misma posición. Como tampoco nadie quiso comprarla, la regaló a un amigo usurero. Este hombre, sin darle mayor importancia, la llevó a su negocio y la colocó sobre un armario.

La utilidad de las cosas

¡Ya viene, ya viene! Una voz anuncia a los vecinos la proximidad del hombre. El pueblo se agita. Por un momento parece que se ha alborotado un hormiguero. Hay un trasiego enorme de gentes que van y vienen por los callejones, aunque la mayoría, después de conocer la noticia y enterar a los suyos, corren hacia la plaza. Tendrá que pasar por allí de todos modos. ¡Cómo se agolpan! Algunos hacen fila con disciplina, otros intentan colarse para ser los primeros.

El hombre de los consejos hace su entrada al pueblo. No ha dado un paso y ya están rodeándolo. Lleva en alto una pancarta: OFREZCO CONSEJOS. La multitud no deja de acribillarle con sus urgencias; se le enciman, casi lo aplastan. El hombre registra concienzudamente la información y trata de dar una respuesta directa y sencilla, lo más rápido posible, para interesarse en la siguiente pregunta. El pago es una sonrisa de alivio o un gracias opacado por la confusión y el gentío. Y es que las personas del pueblo han esperado un año la llegada de este buen señor. Su experiencia y sabiduría son respetables.

Por igual quedan satisfechos hombres y mujeres. Ahora la gente se dispersa con la certeza de que podrán solucionar sus problemas.

Ya se ve la figura del hombre recortada sobre el horizonte. Se aleja por el sendero de piedras en busca del próximo vecindario. Nadie ha ido a despedirlo. Por eso no han podido leer el reverso de su pancarta: NECESITO CONSEJOS.

El consejero

Desde pequeña fue bella. Sus rizos caían como cascadas, consiguiendo la admiración de todas las personas que encontraba a su paso. Por eso, al cumplir quince años decidió, para su bien, perpetuar sus beldades. Siempre sería igual de cándida, tierna y hermosa. Para lograr su propósito rompió los espejos de su casa e instó a los amigos y vecinos a hacer lo propio con los suyos. La belleza era algo para sentir, no para exaltar la vanidad, solía decir. La vida, por supuesto, continuó su curso; los años transcurrieron con aplomo y sin sobresaltos y aunque los espejos estaban rotos, los ciudadanos pudieron advertir que el rostro de la bella había ganado en flacidez y arrugas hasta convertirse en una nonagenaria dama. Pero ella nunca lo supo, había renunciado a la práctica de contemplarse.

La belleza interior

La madre temía que su hijo cayera en el pozo porque conocía la atracción que el mismo ejercía sobre el muchacho de cinco años. En un descuido, ya estaba el chiquillo tratando de ver lo que había en el fondo del agujero. La madre, previendo la desgracia, cercó el brocal. Aún así, su hijo se las agenciaba para vencer los obstáculos hasta que finalmente un día cayó dentro. Sintió la humedad del interior, la frialdad de las paredes y mil insectos zumbando en sus oídos. Luego de una hora de gritos y dolor es rescatado y abrazado por la madre que llora y agradece a Dios el final de la experiencia. Ahora ella sabe que no hay peligro y decide quitar las vallas que impiden a su hijo llegar al pozo.

La curiosidad

Los cuatro habían contactado por internet y acordado el reencuentro después de tantos años.

La mujer sorbió su café sin azúcar mientras miraba a sus antiguos colegas. "Una vez más he sido atraída por su juego. Lo que quieren es seducirme, me ven como el sexo débil. Para ellos, yo soy el pez que morderá el anzuelo".

El hombre vestido de negro y de piel oscura, había ordenado un *macchiato*. "Nunca me verán como parte de su equipo, no importa cuánto lo intente. Mi origen es diferente; para ellos soy un intruso, un extranjero".

El otro hombre, bastante pasado de peso y muy sudoroso, se hunde en su butaca y no se atreve a tocar la taza de café. "¿Cuánto tiempo sentirán pena por mí? Ellos son talentosos, por eso me invitan, para presumir de sus éxitos y avergonzarme por ser un desempleado."

El más alto de todos, sentado en su silla de ruedas, sonríe todo el tiempo aunque a veces le cueste. Se esfuerza por sonreír para que su discapacidad no sea lo que lo defina. "¡Oh, cuánto desearía ser cualquiera de ellos!"

Los prejuicios

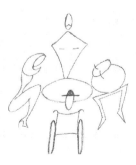

Los amantes son felices. Tan felices que corren al campo para amarse al calor de la tarde estival. Hermoso es el prado, hermoso el cielo sobre el prado; hermosas las figuras de los amantes entre el verde y el azul. No pueden desear otra cosa que continuar unidos para confundir sus cuerpos con la hojarasca, la tierra con olor a lluvia, la hierba y las flores. ¡Flores! ¡Qué lindas margaritas! "Mi amor es tan bello como esta flor" –dice uno de ellos. El otro se atreve a arrancarla y quiere saber la calidad del amor de su amante.

— ¿Me quieres? –sonríe.

— ¿No me quieres? –le da un beso.

— ¿Me quieres? –intenta encontrar acomodo en el regazo del amante.

— ¿No me quieres? –se miran con embeleso.

— ¿Me quieres?…

Sin darse cuenta han llegado al último pétalo. Sobre el césped yace el amor, ahora deshojado.

La intensidad

El campesino supo que su choza se le venía encima y rápidamente la apuntaló con postes de madera. Aún así, dedujo que permanecer en el sitio era peligroso y decidió mudarse para la casa de un familiar. La choza se vendría abajo de un momento a otro.

Al término del mes y viendo que la choza permanecía en pie, el campesino entró de nuevo al hogar. Fue en ese preciso instante que los maderos cayeron sobre su cabeza.

El abandono

El teatro está abarrotado. En los pasillos y balcones hay gente de pie. Es un éxito de público, la función no tiene precedentes. La risa llena todo el auditorio, una risa desvergonzada, contagiosa. Los espectadores han perdido la compostura con la hilaridad que generan las actuaciones. Ríen con fuerza, a carcajadas, frenéticamente. Es una explosión de risas obscenas e impúdicas. Una mujer ha dejado caer su moño con tantas contorsiones. El vientre fláccido de aquel señor tan gordo sube y baja sin regularidad ni orden. Hay quienes de tanto reírse, exhaustos, pierden el conocimiento, pero aún conservan involuntariamente las reacciones de la risa y, a ratos, se estremecen como queriendo volver a la vida. Aquí la alegría es sinónimo de humanidad. La confusión es enorme y se ríe y se ríe, amplificándose el significado del propio espectáculo.

Con tanto alboroto nadie ha notado la presencia de un ser imperfecto, serio e inconmovible. Está completamente ausente, sus lágrimas resbalan por las mejillas y gotean sobre el suelo.

La soledad

La joven mira a su derecha. No existe una razón particular para que mire de esta forma, pero se entretiene posando su mirada en los detalles del paisaje. El adolescente que está a su izquierda la ama con locura y quiere a toda costa llamar su atención. Con tal de conseguir su propósito se vuelve gimnasta sin ningún éxito. Prueba con la acrobacia y el arte de los juegos malabares, se convierte en juglar, recita de memoria sensibles y soberbios poemas, entona las más desgarradoras canciones de amor. Acaba finalmente abatido, implorando una miserable mirada de amor. Pero la muchacha continúa observando el paisaje de su derecha.

La pasión estéril

Cuando la conoció él ya tenía cubierta esa parte de su faz y ella lo amó así. Él le había pedido que nunca le exigiera verle sin la máscara; quizá un día se mostraría sin ella. Así vivieron años felices. Pero ella alimentaba el deseo de contemplar alguna vez el rostro completo de su amado. Al principio no dijo nada por discreción; pero más tarde su curiosidad fue expresada con palabras. Él quiso proteger su máscara, ella insistió en su capricho. Exhausto, rendido ante las exigencias de la mujer, desnudó su rostro. Ella comprobó con sorpresa que la parte cubierta por años, lejos de presentar lesiones, huellas de antiguas cicatrices, quemaduras o deformación, era idéntica a la otra parte del rostro. No había manchas, cardenales, desgarramiento, mutilación. Ambas partes eran sencillamente idénticas.

— Ya has visto como soy –murmuró él con tristeza–. Has roto el encanto.

La seducción

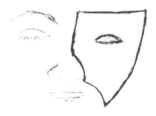

El viajero llegó al pie de la alta montaña y dirigió su mirada hacia la cúspide. Ambicionó escalarla, llegar a la cima y cruzar al otro lado del horizonte. Era un camino escabroso que le reportaría por triunfo el reconocimiento de la comunidad. Si no lograba superarlo le tomaría semanas rodear la sierra.

El viajero observó como los aventureros ávidos de fama se lanzaban frenéticos a la empresa. La mayoría después de avanzar centenares de metros daban volteretas rodando ladera abajo. Los más audaces, casi en la cima, veían frustrarse sus aspiraciones ante un repentino deslizamiento de masa rocosa. Realmente, el ascenso era peligroso. El viajero, hombre con años y experiencia, decidió bordear la cordillera.

El sentido común

Cuando lo supo experimentó el regocijo de los triunfadores, se exaltó su ego y la ambición celosamente guardada: era superior al género humano, viviría eternamente. Como mortal, había temido el tránsito a otra dimensión; ahora podía burlarse de cualquier amenaza. Tenía ante sí la eternidad para realizar cuanta cosa se le antojara; todo el tiempo del mundo a sus pies.

Como hombre nacido en el siglo XII, soñó que asistiría a la segunda etapa de la historia de la humanidad, al renacimiento del hombre como centro del universo, la Inquisición, los concilios papales y la escisión de la cristiandad; sería testigo ocular de la conquista de América, de las matanzas de indios y la trata negrera; estaría inmerso como creador en los estilos barrocos y neoclásicos; participaría como líder en la revolución francesa y ayudaría en la derrota del imperio napoleónico; tomaría parte de las transformaciones radicales del arte y de la Revolución rusa; narraría sus impresiones como superviviente rescatado de las frías aguas donde zozobró el Titanic; se convertiría en reportero de la primera guerra mundial, del fascismo y del neo-colonialismo en América; sufriría las consecuencias de la bomba atómica lanzada sobre Hiroshima y Nagasaki; constataría los millones y millones de muertos de la segunda gran guerra del XX, las víctimas de Vietnam, el conflicto bélico del medio oriente, la hambruna en el África, la destrucción de la capa de ozono, los desastres naturales, la fiebre del petróleo en perjuicio del medio ambiente. Todo lo razonable y perverso en una sola experiencia humana.

Al día siguiente se hizo un agujero en la cabeza.

El precio de la eternidad

La madre cuidó muy bien de que su hijo tomara el camino correcto, el único moralmente acertado. El padre, por su parte, orientó sus pasos en el perfeccionamiento de la masculinidad para convertirlo en un hombre viril: le obligó a practicar deportes, a entender de negocios, a rodearse de lindas muchachas; pero él... ah, él insistía en imitar a Caperucita Roja.

El aprendizaje

Es un señor pequeño, de unos cincuenta años a lo sumo, copiosa barba y cabellos ralos. Anda deprisa tratando de tropezar con alguna persona, tocar un hombro, besar una mano. Pero no recibe la aceptación que espera. Nadie le presta atención; le esquivan y siguen de largo. El hombre avanza entre la multitud, quiere iniciar un diálogo mas no consigue respuesta. Pudiera decir que está en todas partes, en los ómnibus, en las plazas, en los mercados, a la vuelta de la esquina. Desde la acera de enfrente una jovencita lo ha visto y él se apresura en comunicar su afecto. Ella comienza a andar, le asusta el asedio de un extraño. Tal vez debiera pararse y charlar, el hombre parece inofensivo. Están a tres metros, o menos, casi se rozan. Sin embargo, ella no le mira, apresura el paso; trata de ganar la siguiente cuadra y otra y otra hasta perderse entre el gentío. El pequeño hombre va tras ella, sabe que pueden cambiar las cosas, por eso insiste. Pero ella está muy lejos; ha llegado a su casa y descansa su fatiga sobre almohadones. Ahora repasa el incidente. Se convence de que no fue seguida con perversidad. La voz del desconocido hubiera podido sonar muy agradable. Quizás el hombre fuera un antiguo amigo o alguien que ha esperado toda la vida. Cree comprender el significado de su intuición. Si él la había seguido, debería estar apostado todavía en algún sitio cerca de la casa. Corre a la puerta y la abre de par en par para que la luz del mundo la envuelva entera. Pero el señor ha desaparecido.

La felicidad

Está convencido de su amor aunque este amor se aleja del ideal que para sí mismo ha concebido. No puede considerarla bella porque su faz está ausente de toda gracia. Tampoco le ve virtudes que la hagan destacarse en el colectivo de muchachas y pecados, los que se suelen cometer sin arrepentimientos. Es una mujer similar a cualquier otra; nada que despierte la admiración de hombres o la envidia de las amigas. Nada en particular. Aún así, la ama.

Sí, es amor

La madre, poco antes de morir, entregó a sus hijos dos pequeñas estampas de la Virgen. En mi ausencia ella cuidará de ustedes tal como lo he hecho yo, les dijo y expiró. Los hijos aceptaron las estampas y, conmovidos hasta las lágrimas, cerraron los ojos de la madre. En silencio, cada uno decidió qué hacer con el último recuerdo materno. El primero, para conservar la imagen, la guardó entre sus cosas más preciadas, en un antiguo cofre. El segundo, prefirió llevarla consigo.

Cerca de treinta años transcurrieron para que el primer hermano encontrara, entre baúles en desuso, la estampa que le regalara la madre. Gran alegría sintió al revivir recuerdos tan sentidos. Corrió a donde el hermano para mostrársela y saber si este conservaba como él la santísima imagen. Estaba orgulloso; la imagen permanecía impecable, sin muestras del paso del tiempo. El segundo, ante la ostentación del primero, extrajo de su pecho una modesta estampa raída por los años, casi deshecha. Perdona, dijo, pero la Virgen me ha acompañado siempre.

La custodia

Las abejas inician su jornada. Se reúnen en el jardín y en un santiamén comienzan a libar las flores. Extraen polen para abastecer sus almacenes. Hay quien necesita más de una flor. Pero entre todas, hay una que necesita más. Prueba una flor y luego otra y otra y otra, hasta recorrer todo el vergel. A pesar que el polen resulta de su agrado continúa probando durante todo el día.

Al caer la tarde, de regreso a la colmena, vuelven cansadas las abejas con sus reservas llenas, excepto una que regresa inexplicablemente vacía.

El picaflor

A un kilómetro del poblado se encuentra la escultura desde hace aproximadamente un siglo. Nadie sabe quien la colocó en la explanada ni las razones que tuvo para emplazarla de esta forma. No hace referencia a un hecho en particular ni es un homenaje a algún héroe o mártir; tampoco tiene la intención de embellecer la zona. Pudiera pensarse que fue abandonada, pero su forma de mostrarse descarta esta sospecha. Al salir o entrar de la localidad, a un kilómetro exacto, se observa la controvertida escultura que tiene una forma más bien abstracta. Aunque está fuera de los límites del pueblo, indiscutiblemente forma parte de él.

Un grupo de vecinos reunidos a su alrededor reconocen odiarla. Podría ser cosa del diablo, dice uno. Hay quien la maldice y escupe sobre la parte que parece ser un rostro. Otros proponen destruirla y caso resuelto. En medio de las imprecaciones, un muchacho de doce años se acerca a la piedra y allí deja su beso.

La valoración

Tanto presumió de su talento que un día, cayó de sus manos y se escurrió entre las grietas del patio.

El talentoso

El maestro reunió a sus discípulos bajo la sombra del gran almendro. Estaba orgulloso de la generación de hombres que instruía. Tenia fe en ellos. Les habló de la importancia del deber, la voluntad y el sacrificio para alcanzar el triunfo. Sus seguidores escucharon cuanto el maestro dijo y, más tarde, al dispersarse, cada uno resolvió sus asuntos con apenas discernimiento. A los oídos del maestro llegaron rumores de que sus alumnos se habían convertido en ladrones. El maestro, con la bondad que le caracterizaba, quiso corregirlos. Volvió a reunirlos bajo la sombra del árbol y les habló entonces de la posibilidad de compartir sin necesidad de hurtar los bienes del prójimo. Pero una vez que hubo partido, los discípulos pelearon entre ellos y se convirtieron en rivales. El maestro regresó para explicarles que las riñas sólo provocan lastimosos enfrentamientos; les propuso un entendimiento racional y los exhortó a convivir pacíficamente. Pero ellos iniciaron la guerra. Grandes contiendas bélicas pusieron en peligro al género humano. El maestro suspiró y les dio la espalda.

El desaliento

El ser perfecto es un hombre muy interesante. Todos le respetan por su sabiduría. Al verlo pasar, la gente se toca con el codo para hacer alguna referencia a su persona. Coinciden en que no tiene sombra que empañe su reputación: es un ejemplo para las buenas costumbres. El ser perfecto no ha cometido pecados y se sabe que es improbable que pueda cometerlos. Incapaz de dejarse arrastrar por los impulsos, la tentación o el vicio, no es libidinoso ni parrandero, no hace bromas y ríe poco; no le gustan las riñas ni los juegos de azar; nunca ha tenido de qué avergonzarse. El ser perfecto –como le llaman– es prácticamente perfecto y, por ello, muchos evitan su roce. Algunos para no manchar su castidad; otros, para no realzar sus propias máculas. De cualquier forma, el ser perfecto es un ser muy solitario.

Lo perfecto

Conociendo la preferencia de la niña por las flores, quisieron los padres complacerla y la llevaron a la mejor floristería de la ciudad. Allí le mostraron las flores más perfumadas, coloridas y hermosas. El padre insistía en los lirios y los tulipanes; la madre en las dalias y las azucenas. No se ponían de acuerdo. La vendedora intervino y le propuso a la niña decidirse entre una gardenia o la orquídea, mas ella se conformó con dos margaritas.

La selección

Con la barba hirsuta, la piel curtida y los ojos y arrugas confundidos, el viejo ha olvidado los años que lleva enfrentándose a las inclemencias del tiempo; ha sobrevivido a peligros, amenazas y encerronas. Camina seguro pues su paso está bien plantado. No teme a la penuria, el hambre o la miseria. Avanza. Aún no se explica por qué no ha conseguido realizar sus sueños. ¿Realmente tiene un propósito? ¿A qué lugar debe encaminarse? ¿Cuál es su meta? Sólo es consciente de su lamentable situación. Con soberbia resiste los avatares de su vida: observa el camino y avanza.

La resistencia

Al amanecer recogió la podredumbre que había esparcido durante el sueño. Amontonó las vísceras, los órganos en desorden y las excretas que echaría fuera en el transcurso de la jornada: eructos, ventosidades, transpiración, partículas de microorganismos…, toda la materia orgánica a punto de descomponerse. Cerró su cuerpo lo mejor que pudo y se puso una suave colonia. Alzando el cuello y mirando al frente, salió a encontrarse con la ciudad.

Lo aparente

Al observar la obra que le presentaba el aprendiz, el maestro dijo: Está bien así. Como el maestro tuvo siempre reparos con las piezas del discípulo, esta vez el muchacho no quedó conforme con la opinión del maestro. Anhelaba crear una obra de arte, si fuera posible, superior a las obras concebidas por su guía y mentor. Pensó que el maestro, cansado de corregirlo una y otra vez, o previendo su talento, le había negado la última lección. Dubitativo, decidió consultar a un profesor entendido en materia de arte y recibió de este los esperados señalamientos que acató con inmediatez. Pero conociendo que el profesor y su maestro ejercían doctrinas diferentes, para mayor seguridad, presentó la obra a un experto y, por las dudas, a un sabio. Con múltiples correcciones, satisfecho ahora, regresó al taller donde lo aguardaba su maestro que, con aplomo, le dijo: Muchacho, tu pieza, tu gran obra, ha dejado de ser lo que fue para convertirse en otra cosa.

La inseguridad

Todos la querían, pero él más que ninguno. La gente pasaba por el lugar donde la exhibían y al unísono pronunciaban expresiones de elogio. Él la adoraba. Su idolatría se convirtió en pasión volcánica, al extremo de albergar resentimientos contra aquellos que consideraba sus rivales. La necesidad de poseerla fue un hecho. No había otra opción para él que la necesitaba con urgencia. Por ella vivía; por ella estaba parado allí hacía semanas como si fueran siglos. No tenía ojos, ni manos, ni piernas, más que para mirar, tocar o pasear con ella. La posibilidad, la única posibilidad, era tomarla como propia. Él, más que los otros, debía ser su dueño. Y es que la merecía por profesar tanto amor.

El pueblo quedó anonadado y confundido el amanecer en que no la hallaron en el sitio de costumbre. Había desaparecido. La noticia corrió como un vendaval por la ciudad. Se abrieron las ventanas, se tocó a arrebato. Muchos se flagelaban y caían exangües. Así mismos se culpaban por no haberla cuidado suficientemente. ¡Desgracia, desgracia! ¡Muerte al ladrón! La guardia civil, el ejército, el pueblo en general daba voces para capturar al culpable.

Él la tenía en su mano, ya era suya. Pero mil personas venían tras él. Por suerte había salido de la ciudad antes que redoblaran la vigilancia, pero estaba seguro de que le darían alcance. ¿Qué podía hacer para frenar la furia de una nación entera? Miró su prenda, el gran amor, aquél estandarte por lo que había vivido durante los últimos años. Le parecía mentira tenerla en su puño y la miró con regocijo una vez más.

Las huestes se acercaban, ya podían escucharlas sus oídos. Fue un momento de definición; no tenía tiempo. Unos minutos más y estarían sobre él. Se le fue colando el susto, un miedo horrible ante la idea del linchamiento. Nunca pensó en esta posibilidad. Cuando se decidió, sin mayores remordimientos, lanzó la prenda al río y vio como se perdía bajo el agua. Sus manos estaban vacías. Estoy salvado, dijo.

El deseo desmedido

El hombre tendido sobre la hierba sin cantimplora, sin fusil, sin su casco. Otro soldado lo ha reemplazado.

¿Imprescindible?

Desde muy joven prefirió la soltería. Era la única manera de ser una persona verdaderamente feliz lejos de todo compromiso. Muchas veces se imaginó convertido en un viejo soltero, cascarrabias, y todo lo que encierra este tipo de abstinencia. Pensaba en estas cosas con regocijo, tratando de que el sueño fuera parte de lo cotidiano: leer el periódico en la mañana, hacer las compras en el mercado, preparar el frugal alimento. La soledad más displicente al margen del barullo de nietos, hijos y una mujer avara, comilona e irascible, dispuesta a llevar los pantalones en la casa. Sus experiencias lo habían convencido de este sentimiento de rechazo; era un hecho su aversión a las féminas. Para él significaban más que un inconveniente. Y esta era la razón de su gran incomodo. Una punzada le estremecía el vientre cada vez que plantaba un nuevo paso camino al altar. Era su octavo matrimonio.

El misógino

Para su satisfacción, tenía lo que se había propuesto conseguir. Con orgullo contemplaba su riqueza. Desde joven creyó que con dinero, astucia y perseverancia compraría la felicidad como quien compra una prenda en el mercado. Se rodeó de cuanto pudo reportarle placer y gozo. Su fin era la felicidad extrema y para poseerla vivió de manera irracional, ávido de un consumo que aumentaba según sus intereses. Echó su vida a rodar en busca de mayores conquistas, conocimiento y fama. ¡Qué más pedir a la vida! Pero aún estaba intranquilo; no entendía por qué no podía dormir. Sin saber con certeza el color, la forma ni la valía del nuevo anhelo, se propuso alcanzarlo.

La insatisfacción

Después de años de andar se detuvo bajo la sombra del frondoso árbol. Su rostro lucía las fatigas de cien andanzas. Caminar, caminar, sólo esto he hecho en la vida y de qué me ha servido, decía. Escupió el suelo y lanzó imprecaciones sobre la tierra que le hacía padecer. Años ha andado por trillos y senderos ganándose la vida y ni siquiera este árbol lo recibe con un fruto. Al diablo con él, maldito sea. Prefirió partir enseguida en busca de algo mejor para su suerte. La cólera era superior a la fatiga.

Otro caminante, tan abatido como el primero, se detuvo para agradecer a la Providencia la presencia del árbol. A su sombra tomaría un descanso y luego continuaría el viaje. El árbol no sólo le brindó una apacible siesta; al despertar, el hombre vio exquisitos mangos que colgaban de las ramas.

La gratitud

Sabía de antemano que no podía pagar. El precio era muy elevado en comparación con sus ahorros. Había contando las monedas y concluyó que debía resignarse con otro año de espera y economías. Preguntó el último en la fila. Al llegar frente a la taquilla donde esperaba la mujer con gafas, talonario y una caja contadora, regresó al final de la cola y otra vez repitió la secuencia. Entretanto, arreglaba los pormenores del viaje, los vestidos que llevaría, los cosméticos adecuados, la suma adicional reservada para las eventualidades, los *souvenires*, incluso hasta las propinas. El proyecto resultó excitante. Disfrutó como la más acaudalada de las señoritas. Saboreaba platos exquisitos y asistía a espectáculos de estrellas del bel canto; de la misma manera, imaginó almuerzos campestres, caminatas y paseos a caballo. Las vacaciones fueron sorprendentes.

De regreso a casa tocó con satisfacción sus bolsillos, no había gastado un centavo.

La realización

Almacenaba el agua en una pequeña presa. Rodeado de la aridez que caracterizaba a la zona, el anciano había logrado evacuarla durante años. Para él era lo más estimado. Alguna vez, en tiempos difíciles, se le vio adorar las sinuosas olas que traía y llevaba el viento. Con el control del agua creía haber garantizado el bienestar para los habitantes del caserío. Pero sucedió algo imprevisto. El anciano advirtió que el agua no se mantenía en estado de reposo a pesar de que no soplaba el viento; intranquila, saltaba esforzándose por convertirse en olas y volcarse fuera. Rápidamente construyó diques, nuevos diques, otros para sustituir a los anteriores. Pero el agua seguía incontrolable arremolinándose furiosa. Con cada nuevo muro de contención parecía aumentar la cólera del agua que ya alcanzaba metros de altura. Me abandona, se lamentaba el viejo, qué haré cuando me falte, oh Dios. El elemento se tornaba incontrolable, ya era una amenaza para las casas próximas a la represa. Los vecinos, en conjunto, trataron de buscar la solución pero no se ponían de acuerdo. Entonces el anciano, sabiamente, decidió romper uno a uno los diques que con afán había construido. El agua cruzó soberbia sobre los muros y en forma de río encausó su rumbo. Allí quedó el anciano, al margen del nuevo arroyo, despidiéndole con hermosas oraciones de agradecimiento por los favores ofrecidos y su compañía durante décadas. Inevitablemente los aldeanos creyeron que el viejo había enloquecido.

— Está demente, sin nuestro consentimiento abrió las compuertas y nos ha condenado.

El viejo se disculpaba asegurando que el agua volvería en forma de lluvia.

— Está loco de atar, no se da cuenta de que ya no la tendremos más.

— Sí –añadió el viejo–, pero tampoco habrá inundaciones.

La apropiación

Sí, sería puro, transparente como el cristal, como las aguas, como el propio aire. Su pureza no tendría límites. Para alcanzar este grado de pureza debía eliminar, para bien, todos los sentimientos malignos, como la envidia, el rencor y el odio. Pero también suprimió, para mayor pureza, la conmoción, la lástima y el afecto. La vida le fue pareciendo cada vez más grata. Ya no tenía que preocuparse por su existencia; estaba por encima de todo bien y todo mal. Su amor lo abarcaba todo de manera prácticamente sobrehumana. Nada deseaba, todo le era superfluo; la vida se convirtió en una contemplación sin esfuerzos. Y tanto placer sintió que un día lo encontraron muerto.

La pureza

Tan complicado llegó a ser el mundo que se convirtió en un gran hormiguero. Los grandes jefes, ante el peligro de un estallido social que hiciera hervir al orbe, se reunieron en asamblea sumaria para impedir, en lo posible, el avance del caos. De todas partes del globo terráqueo llegaron los grandes jefes en representación de sus gobiernos. A puertas cerradas, con exclusión de periodistas y reporteros, discutieron los problemas y conflictos a solucionar y la debida justicia que se administraría en lo adelante. Los grandes jefes, individuos justos, trataron de actuar con entera prolijidad, sopesando los pro y los contra que afectarían sus condominios. Cuarenta días con cuarenta noches duró aquel encuentro en el que les fue difícil aprobar la nueva y única legislación mundial a la cual quedarían sujetas todas las hormigas. Como prueba de magnanimidad, estos grandes jefes guardaron su Constitución en un enorme castillo de azúcar construido para estos fines. El mismo sería inexpugnable y preservaría eternamente el nuevo orden social, así creyeron.

Pero los jefes no llegaron a salvar los documentos que durante cuarenta días con cuarenta noches habían concebido con suficiente gasto de energías. Las hormigas, las curiosas hormigas, convencidas de la indulgencia de sus grandes jefes, en menos de un par de horas, en un ataque espontáneo y febril, consumieron a su placer aquél gigantesco terrón azucarado.

Las soluciones inútiles

Sí, lo había matado. Estaba seguro de haberlo matado.

El cuchillo tenía sangre y sobre el suelo, boca abajo, algo había dejado de latir. ¡Ha muerto, ¡ha muerto! Soy libre, ahora puedo empezar a vivir. Una mueca fue lo que asomó a su rostro feliz. Aún empuñaba el arma homicida, aún su pecho latía fuerte por la batalla. Se acabaron mis sufrimientos; estoy vengado, sobreviví a sus desmanes. Por mucho tiempo saboreó el triunfo, disfrutó su morbo asesino. Aún, al correr de los años, pensaba en su gran amor y se vanagloriaba de haberlo matado. Las arrugas surcaron su frente, se encogió de hombros, dobló su espalda. Al final de su vida, todavía conserva en su puño la hoja del cuchillo mientras dice a veces sonriente, a veces melancólico: lo he matado, sí, lo he matado.

¿Realmente mató a su amor?

Sentado al borde del abismo espera. Lo decidió cuando apenas era un niño y para hacer más placentero su esperar se acercó al acantilado. Desde allí oteaba el horizonte y contemplaba la llegada de las estaciones. Pasó el primer año, cursó el segundo. Siguieron otros y se volvió un hombre. En los primeros momentos la gente lo tildaba de chalado, luego de tonto y por último, naturalmente, llegaron a ignorarlo. Quedó convertido en algo muy parecido a una escultura. No obstante, con barba y cabellos muy largos, en la misma posición, fiel a sus principios, espera.

La esperanza

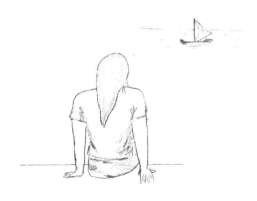

La había deseado siempre. Se juraba amarla aún cuando ella no correspondiera. La amaba, así de sencillo. De él nacía un amor desinteresado, pero también voluptuoso. Nunca la había abrazado y sufría al verla coquetear con otros hombres. Creía morir si alguien le cortejaba más de una semana. El mal de amor le hería y consumía en noches de insomnio. La soñaba suya en medio de su delirio; la veía acercarse, menuda, en busca de abrigo. Y allí estaba él para protegerla y amarla tantas veces como la pasión del sueño le permitiera, antes de despertar. Pero llegó el día en que pudo satisfacer su anhelo. La espera no fue en vano. Ella comprendió las cuitas del joven: lo veía sufrir y qué más le daba a la mujer mitigar un poco la fiebre, poner su gota de consuelo a tan reprobable manera de amar.

Aquella noche permitió al joven entrar en su habitación. Los sueños... la quimera se había hecho realidad. La iba a poseer luego de cien maneras. Esta noche lo entregaría todo.

Desataba su corbata cuando la vio reclinada sobre el lecho como maja desnuda. Estaba allí, excitante, provocativa, dispuesta. Sus pechos terminados en punta llamaban al combate, igual su vientre y sus caderas. El joven quedó impresionado. Realmente no la había imaginado tan mujer, tan carnal, tan viva. Su anhelo se transformaba en escapada de pasión no satisfecha.

No llegó a desatar la corbata. El cuerpo que tenía ante sí comenzaba a resultarle extraño, hasta cierto punto obsceno.

Ella sonreía, alargaba los brazos y lo invitaba a su lecho. Fue un instante impredecible. El joven dio un paso atrás, cerró los ojos y con voz amarga ordenó: ¡Vístase!

El capricho

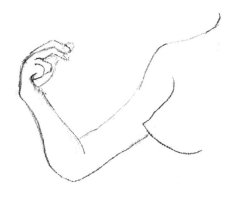

Quiso saber, pese a todo, si el amor que ella creía verdadero, soportaría cualquier verificación, aún cuando el sacrificio se transformara en dolorosa pena de amor. Sólo así podría amarla sin temores y para siempre. Para ello fue clavando con lentitud alevosa el filo del puñal en el pecho de la amada hasta comprobar, en su último aliento, que la había perdido.

La constatación

El anciano agoniza. Ciento diez años y se resiste a morir. Los médicos y enfermeros poco pueden hacer. La familia lagrimea y espera con resignación el final. Pero el anciano con sus ciento diez años no muere. Crispa los dedos pero no muere. Ha vivido más de un siglo, nada le es ajeno; lo ha conocido todo, o casi todo, y ya sin fuerzas, en plena senectud, inmóvil sobre el lecho, no apto para valerse por sí mismo, la muerte le sonríe y lo anima a desprenderse de esa delgada lámina de vida a la cual se aferra. El moribundo se mantiene firme y se niega a seguir a la gélida figura que ya está contrariada por la tardanza.

— ¿Qué más esperas de la vida, viejo? –pregunta la muerte con animosidad.

El anciano no la mira pero quedamente responde:

— ¡El oxígeno!

La partida

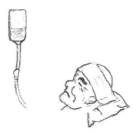

Llegaban cada vez más personas al coro que ya sumaba miles. Nadie, por el momento, detendría a la multitud. Todo fue consecuencia de un hombre que se detuvo a mirar el infinito. Algo raro apareció en su expresión. Con la observación, sus músculos contraídos se relajaron hasta quedar en paz consigo mismo. Había visto la maravilla.

El hombre contempló por largo rato la aparición que, a la vista de los transeúntes, no era más que el paisaje diario. Cuando abandonó el sitio, un curioso se acercó para inspeccionar el área. Los ojos de aquél se llenaron de brillo; se ladeaba ora de un lado, ora del otro. Llegaron un tercero y un cuarto y ya sumaban diez cuando la noticia de que algo maravilloso estaba impresionando a los hombres circuló por la ciudad. Cientos de personas miraban al infinito. El punto de referencia era un poco más distante que cualquier distancia. Al llegar los periodistas comenzaron las entrevistas, los intercambios de impresiones, las anécdotas. Alguien había visto la figura de un mono saltando sobre el arcoíris; otro, una danza de estrellas en forma de calidoscopio; el próximo, a los planetas reunidos entonando La Oda a la Alegría. Cada cual distorsionaba la realidad de acuerdo con su fantasía. No cabía dudas, todos habían disfrutado la maravilla.

La maravilla

Un día cualquiera, un día de tantos sin importancia, el hombre se detuvo ante una piedra. Era una piedra común, como cualquier otra de las piedras del mundo. La observó irregular, ocre, fría. La tomó en su mano y se identificó con ella. La guardó en uno de sus bolsillos. A veces la acariciaba, le daba brillo; era una buena compañía a la que podía confesar sus secretos. Pasaron los años y el hombre conservó la piedra, su piedra. Con ella experimentó las desventuras de cualquier existencia. Hasta el final de su vida no dejó de sentirla suya. Una tarde de calor inmisericorde, cansado de tanto bregar en la vida, el hombre no volvió a abrir los ojos. Entonces la piedra saltó del bolsillo y rodó hasta la tierra. Allí permaneció y aún permanece impertérrita, fría.

Lo inconmovible

Apenas podía distinguir claridad en la abertura del agujero diez metros por encima de su cabeza. Era realmente asombroso que estuviera vivo y sin fracturas. Los flashes le encandilaban la vista. Había recibido invitaciones de todo tipo: entrevistas para la radio, la televisión y la prensa escrita, reportajes sobre su estado, asistencia médica de primeros auxilios. También la ayuda necesaria para abandonar el sitio húmedo y frío.

Pensó que hacía apenas una semana era un perfecto Don Nadie que vivía del lastimoso salario que le proporcionaba el patrón de su fábrica. En el hogar siempre fue un desastre; divorciado y con un par de hijos al garete, las conquistas fáciles en las tabernas y los amigotes de juerga eran lo único que había saboreado en la vida.

Ahora podía concluir que era relativamente afortunado. A veces las cosas suceden para cambiar radicalmente el curso de tu vida. Esto no es todo lo que quisiera pero siente alivio de haber sido apartado del ruido y las fatigas. Hasta ofertas de dinero y estímulos han halagado sus oídos. Desde su minúscula posición en el fondo de un pozo al que cayó por accidente, mantiene vínculos con aquellos que desde arriba desean rescatarlo.

Proposiciones no le faltan; él sólo tiene que ser selectivo a la hora de aceptar esta o aquella. Atarse una cuerda y ser rescatado de una vez por todas es la solución inmediata pero significará que en un par de semanas, después que pase la euforia de su rescate, volverá a ser el mismo Don Nadie.

En esto cavilaba cuando reparó en la cesta en la que había recibido alimento y los primeros auxilios. Su mensaje fue claro para todas las cabezas curiosas que en lo alto del agujero esperaban por su respuesta. No saldría del pozo. Los suministros deberían seguir enviándolos en la cesta atada a una cuerda.

Seis meses después.
Se aburre demasiado y los pies acalambrados apenas pueden mantenerlo en pie. Las manos engarrotadas no logran aferrarse a las paredes que le rodean. Hace mucho que ha dejado de escuchar voces. Los reporteros fueron los primeros en alejarse. Nadie se asoma al agujero. La ayuda que recibe desde arriba cada vez es más esporádica y exigua. En la cesta hay alimento suficiente para un día.

La víctima

Caridad, la vieja del último cuarto del solar, suele sentarse frente al tocador cada mañana para resaltar los detalles de su rostro.

— ¡Es tan fea, la pobre! –murmuran las vecinas cuando la ven pasar maquillada como una acuarela.

Caridad no toma en cuenta los comentarios. Nunca ha dejado de admirarse frente al espejo.

La autoestima

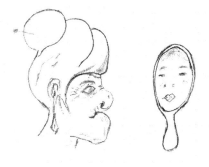

58

Ante sí tiene tres caminos.

El primero se adentra en un sendero de árboles y desaparece en una jungla de lianas y hiedras, laderas de montañas, saltos y cascadas –como si se tratara de un bosque de hadas que exige cumplir retos, hazañas y proezas.

El segundo, es un trillo árido con salteados arbustos que tal vez permitan el descanso a su sombra y, con suerte, beber agua de algún arroyo.

El tercero, una calle ancha e interminable colmada de restaurantes, teatros, parques de diversiones –como para quedarse a vivir allí.

¿Qué camino ha de tomar si su propósito es llegar a la ciudad del bienestar y la paz? –le pregunta a la anciana que borda un descolorido manto a la sombra de un cedro.

— Los tres caminos conducen a la paz. Pero si quieres saber cuál es el más corto y seguro, yo te digo que es el del medio.

— ¡Pero ése es el más despoblado! ¡Es el menos pintoresco! ¡Es el más aburrido de los tres!

La anciana, sin quitar la vista de su calado, responde.

— Tú eliges cuándo quieres llegar.

El propósito

De tan precavido, prefirió sentarse a esperar la muerte y tan larga fue la espera que nunca supo cuando terminó de morirse.

La espera

ÍNDICE

Printed in Great Britain
by Amazon